けふはここ、
あすはどこ、
あさっては

「樹」のたましいを後世へ

浜美枝

私に何か信仰があるとすれば、それは「樹」に他なりません。

樹齢何百年という大木のそばにいくと、私はそっと身をすり寄せたいという衝動に駆られます。樹のそばにいくだけで、その枝を下から眺めるだけで、木肌に手を触れるだけで、まるでその樹に抱きしめてもらっているような、満ち足りた平穏な気持ちになるのです。

ですから森の中に入ると、守られているという安心感に包まれ、心がどんどん素直になっていくのを感じます。樹は私を慰め、私に力を与え、支えてくれる存在なのでしょう。

仕事で全国を歩きながら、その地の森や山にも足を伸ばしてきました。その中で、遠目には美しい緑の森に見えても、その森に入ると、植林した杉が倒れていたり、伐採されたまま放置されていたり、人の手が入らず荒れ果てていたり……本当に美しい森は少ないということに気がつきました。

ニコルさんにはじめてお会いしたのは、四半世紀も前のこと。ニコルさんが荒れた森を再生させるために長野の黒姫に移り住み、自らの手で森づくりをはじめたまさにその頃でした。「豊かな森は生きる力を与えてくれる。森は心の再生」というニコルさんの考えに、深く共感し、雑誌の取材で家にお邪魔しました。

実は南さんとのおつきあいも、まさにニコルさんとのおつきあいと同じ分だけ長いのです。私がはじめてニコルさんにお会いしたとき、その傍らには南さんがいらしたのですから。

二度目にニコルさんをお訪ねしたときには、南さんのペンション「ふふはり亭」に泊めていただきました。いまは廃業なさいましたが、本当に心安らぐ宿で、南さんと奥さまのしょうこさんのおもてなしにも私はすっかり魅了され、いつしかニコルさんとアファンの森をお訪ねするたびに、南夫妻にお会いすることもまた楽しみになったのです。

「美枝さん、木を切ってはじまる文化もあるけれど、それによって文化を失うこともあるよね。森を失ったら文化は滅びます。森の再生、復元にはたくさんの時間、手間、そして愛情が必要だけれど、誰かがやらなくてはならないんだ」

ニコルさんは、以来、黒姫の荒れ果てた土地を、私財を投じて、少しずつ買い集め、ウェールズのアファン（ケルト語で「風が通るところ」という意味）の谷のように、日本でも美しい森を蘇らせようとなさってきました。

賛同者の助けも借り、山一面に生い茂ったやぶを刈り、朽ちた木を間伐するという気の遠くなるような作業を繰り返しました。そして、太陽の光が地面にさしこむようにして、その土地になじむ新しい苗木を植え続けてきました。その活動をずっと私は応援してきました。

そしていま、ニコルさんのアファンの森には、清らかな湧き水が流れ、わさびなど170種類もの山菜が自生しています。93種以上の鳥、490種以上の植物、1000種以上の昆虫が帰って来たともいいます。フクロウやクマも遊びにきます。春になれば楚々とした花がたくさん咲き乱れます。その空気を胸いっぱい深呼吸するだけで、頭の奥までクリーンな気持ちになる、本当に豊かな森に蘇りました。

この写真集を見せていただいたとき、ニコルさんと南さんと共にアファンの森を歩いた数々の日のことが走馬灯のように脳に蘇り、胸が熱くなりました。それにしても、南さんの写真に写るニコルさんの佇まい、なんと自然なことでしょう。ニコルさんなんて他人行儀な呼び方ではなく、やっぱりいつも私たちがそう呼んでいるようにニックと声をかけたくなってしまうほどです。被写体のニコルさん、撮影者の南さん、そのふたりの間に深い信頼がなくてはこうはいきません。同時に、ここに納められている1枚1枚に、その瞬間、ファインダーをじっと見つめていた南さんの姿もまた、見えるような気がします。

南さんは何十年も、ニコルさんに寄り添うように、彼の写真を撮り続けてきました。

それぞれじっと眺めていたいほど全部の写真が好きなのですが、ニコルさんが縫物をしている写真には思わず微笑んでしまいました。以前、ニコルさんのブルージーンズの裾が緑の糸で縫いつけられていて、私がそれを指さすと「ぼくが縫ったの」そう言ってニコルさんがニッコリ笑ったことを思い出したのです。

環境問題に対して真正面から向き合う活動家として知られるニコルさんは、妥協を許さない厳しさでも知られています。ですが、一方、日常をとても大切にし、さらに繊細で優しく、愛すべき茶目っけも持ち合わせている好人物でもあります。ニコルさんのすべてを知っている南さんだからこそ、こうした写真をとれるのだと改めて感じました。

そして写真と山頭火の句はしっくりとなじむこと､写真を見て､山頭火の句をことばにしながら､ほれぼれとしてしまいました。まるでジャズのセッションのように、ニコルさん、南さん、そして山頭火、この3人がそれぞれの良さをさらに引き出して見せてくれているかのようです。まるで男3人が時空を超えてがっちりと手を組み、ほほ笑みながら共に歩んでいるような……仲間に入ることを許されなかった女性の私は、軽い嫉妬さえ覚えるほどです。

ニコルさんは「ぼくたちの望んでいる森を見ることはできないでしょう。でもいま可能性を与えることで必ず望むような森ができると信じています」と言います。未来を夢見て、ひたすら歩み続けるそんなニコルさんの等身大の姿、その真の魅力が伝わってくる1冊です。

信じるもののために努力を続けようとするすべての人は、この写真集にきっと大きな勇気をもらうに違いありません。

もくじ

1

山路たま〱ゆきあへば
したしい挨拶

「第二次大戦が終わると、イングランドで働いていた母の元を離れて、ぼくは祖父母の住むウェールズに帰されました。虚弱で泣いてばかりのぼくに祖母は、強い子になりたいかと聞きました。祖母は『強くなりたいのなら、妖精の国の森へ行って、古くて大きい木を見つけ、その木を抱きしめ、ぼくを強くして下さい、木の兄妹にして下さいと、3回お願いしなさい。一人で行かないとだめよ。犬を連れていくのもだめ。誰にも言ってはいけないからね』と言いました。翌日、家から1㎞ほど離れたその森の中で、樫の木を見つけました。木を抱きしめて何かをささやくなんて変な気がしたけれど、ぼくはそうしました。家に帰ると、祖母はぼくを不思議そうに見て、『毎日森に行ってそうするように』と言いました。これが長い夏休みのはじまりで、数週間ののちに、祖母は『木のてっぺんまで行って、木と同じ空気を吸ってきなさい』と言いました。最初、木登りは不安だったけれど、幹はでこぼこで、伸び渡った枝は地上からそれほど遠くはなく、しばらくすると簡単にその木に登れるようになりました。新しい自由を見つけ、枝の間から頭をだして、流れていく雲を見上げる、それは、魔法で木が宙を動いているような感覚でした。下にはウサギ、キツネ、アナグマ、シカさえも見え、猟銃を持った狩猟番人が木の下を通ったことがあったけれど、気づかずに通りすぎました。2か月間の夏休みの終わりには、森まで走っていって、塀をはい昇り、木々の間を駆けぬけて、猿のように、木登りができ、森の中の他の場所も探検するようになっていました。森はぼくの少年時代の心と、ファンタジーの中の、秘密の家になりました。森があるのは日本になったけれどいまでもそれは変わりません」

2

たゞあるく落葉ちりしいてゐるみち

「日本の国土の67％が森林で、その多くがスギやカラマツ、ヒノキなどの針葉樹の植林ですが、残念なことに、殆どが手入れをされずにいて、〝里山〟とも言われる混合林になっています。ぼくがはじめて日本に来た頃、混合林は手入れがされていて、落ち葉は肥料、間伐材は燃料となり、山菜やきのこが育ち、子供たちにとって最高の遊び場でした。しかし、この30年間、森林は放置され、雑木林になってしまい、２０１１年現在、日本で使用される材木の80％が輸入材となりました。これは許しがたい現状で、言い訳も、もうたくさんです。かつて日本にあった壮大な森のうち、現在でも残っている自然林は３％足らずで、かけがえのない自然が破壊されるようになったのは１９６４年以降のことです。思うに、あのとき国土をコンクリートで覆って〝近代〟国家にしようとした政策によって、向こうみずな醜さと欲望で、日本は一掃されたのです。ここ数十年、ぼくは、ときに健二と一緒に、官僚たちの給料を払うために破壊された北海道から西表までの古代の森林を訪ねてきました。官僚たちこそが森林を守り、確実に針葉樹の植林と混合林の発育の世話をしていくべきであったはずなのに……このことはぼくがこれまでずっと執筆してきたことで、幾度もの講演や、いくつものテレビのドキュメンタリー番組で伝えてきた、悲しくて長い話です」

ニコルは放置されていた森を１９８６年に買って、松木さんからの堅実な助言も得て、持続可能な活用による生物多様性を森に復活させようと懸命に励んだ。２００２年、アファンと呼ぶこの森は、〝C・W・ニコル・アファンの森財団〟の設立によって、森林として保護されるようになった。

水に影ある旅人である

ニコルが1986年から手入れをしてきたアファンの森は、3年後には落葉樹が錦織なす明るい森になった。木の実や虫などの恵みによって、野鳥も十分に飛び回れ、安心して巣づくりができるようになった。落葉の舞いはじめたアファンの森に池を掘った。周辺の水はけをよくするためだ。湿地のままだと、木が育たない。その対策として、池の周辺を掘り起し、その下に木や枝を埋めて、土を戻し、水はけを良くした結果、木は根をしっかりはることができ、よく成長した。

「日本の自然の多様性は、日本の未来の可能性です。自然が日本人をつくり、文化をつくりました。その自然が壊れると、この国が変わってしまう。いずれ日本が目を覚ましたときに、アファンのような森があれば、そこから生き返ることができると信じています。いつまでも自然を誇れる日本であってほしい。子どもの頃、よく山につれていってくれた祖父に〝カッコウの聞こえる範囲がおまえの責任範囲だ〟と言われて育てられました。どろ亀さんこと高橋延清教授はぼくのことを〝バカ息子〟と呼んでいましたが、いつでも先生は〝アリさん〟〝カメムシさん〟と言って、小さな虫にでさえも〝さん〟という敬称をつけていた情愛が思い出されます。いまではぼくも同じようにして、木のことを〝ひと〟と呼ぶことがあるし、美しい花や蝶、蛇であっても、敬意をもって、声をかける。そうするとぼくは気持ちがよくてそれが正しいことだと思えるのです」

4

たたずめば風わたる空のとほくとほく

「黒姫山から北信五岳と呼ばれる飯綱、戸隠、妙高、斑尾といった2000メートル級の山々を見ていると、何と神々しいのだろうと畏敬の念にとらわれたほどでした。ぼくが黒姫に住みはじめたのは、1980年初冬でした。それ以前にも、旧友で助言者でもある谷川雁さんに会いに何度かここを訪れていました。谷川さんとは、1970年から72年にかけてのぼくの2度目の日本滞在時以来、子供むけの本を一緒につくっていました。黒姫に住むことを勧めてくれ、六月という集落にある家を捜してくれたのも、雁さんでした。その家は、古くて伝統的な素敵な民家で、写真を撮るには格好の場所だけれど、冬は寒くて、建付けが悪く、旧式トイレで水が激しく跳ねるような家でした。また別の話になるけれど、幽霊すらでたのです。

はじめての冬は、かつてないほどの豪雪で、雪おろしと呼ばれる、屋根からシャベルで雪をとりのぞく、ときに危険でもある仕事を知った。その冬は小説を〝書き〟たかったのに、雪〝かき〟ばかりしていた。たまには家から抜けだしたくて、夕食だけでもやっていないかと、妻の真理子が電話をかけたのが健二のペンションで、ぼくたちは知り合いました。健二が写真家だとわかったのは夕食後の酒を楽しんでいたときでした。うぬぼれだったけれど、ぼくは自信たっぷりで、ぼくが書いて、彼が写真を撮って、ふたりで組めばすごいことができる。ぼくらより1年早くに黒姫に住みはじめた健二に、一緒にこの地域のユニークな年代記をつくっていこうと言いました。このときからぼくたちの友情とパートナーシップは30年以上続いています。以来、数々の本を二人でつくってきました。この、山頭火の本もそのひとつで、そもそも健二の発想です」

5

ふくらうはふくらうでわたしはわたしでねむれない

「山頭火が死んだ１９４０年は、ぼくが生まれた年でした。彼の人生は、まさに旅そのもので『きのうもきょうもあすも旅』――誰もが感じていることだと思います。

ウェールズで育ったぼくにとって、春は３月の嵐の終わりを告げるもので、それは短い芝生の間からスノードロップやクロッカスが顔をのぞかせるときであって、木の芽が開きはじめ、子羊たちが野で遊び戯れるときである。そしてもちろん、日は長くなっていく。

日本では、多くの人びとにとって春といえば華やかに咲く桜でしょう。でも、ぼくが住んでいる北長野の桜は都会の桜とは違います。ここでは、春になると、山桜のまわりでこぶしの花が華麗に咲く。けれど山桜は、古くて頑丈なのだけれど、人目を引くソメイヨシノのように咲き誇るというよりは、もっとずっと繊細に咲きます。

黒姫では、雪溶けと同時に黄緑色のフキノトウが芽をだして、最初に春のきざしを伝えてくれます。人びとはフキノトウを好んで摘みとっては調理しますが、その年の山菜の初ものとして、てんぷらにすることが多い。そしてぼくたちの森は、鳥たちの歌声でいっぱいになっていきます」

今年もアファンの森で２羽のふくろうが巣立った。

6

捨てきれない荷物のおもさまへうしろ

1984年撮影　ニコル43歳

「初来日は1962年、22歳のときで、空手の修行のためでした。そのときは、父が海軍時代に使っていたシーバッグに衣服などを詰めて持ってきました。その頃のぼくの正装といえば古いツィードのジャケットに学生時代のネクタイでした。

1978年、作家として生きる決意でカナダ政府の仕事をやめ、日本に戻ったときに持ってきたのは、このカナダ製のザックだけでした。中にはイヌイットの石のランプ、タイプライター、ペリーの本三冊、メモ、アサヒペンタックスのカメラ、日記帳、防寒ブーツ、アノラック、セーター、シャツ、ズボンなどわずかな荷物だったが、石のランプはとても重かったという思い出があります」

山頭火は前（現在）にも後ろ（過去）にも、心に重い荷物を抱えた人生だった。後援者へのはがきに「捨てゝも捨てゝも捨てきれないものに涙が流れます」と書き送っている。

〝All's Well That Ends Well（終わり良ければすべてよし）〟シェイクスピアの戯曲のセリフであるが、これこそ男の美学ではないか。ニコルは来日50年で森を育てる大きな夢を残した。

7

1989年　48歳

いつ死ねる木の実は
播いておく

「ぼくは黒姫で愛情と汗と知恵をかければよい森になることを信じて、地元では幽霊森と言われていた樹木の過密状態の森を買った。まず、生い茂ったササを刈り払って、木を間引きしなければなりませんでした。そしてこの森を〝アファンの森〟と名付けました。100年後に誰かがこの森を歩いて何と美しい〝原生林〟だと思ってくれることを想像するだけで嬉しくなります」アファンとは、ケルトの言葉で〝風の通るところ（谷）〟という意味です。ニコルが森を再生させようとしたきっかけになったのは、ニコルの故郷であるウェールズの〝アファン森林公園（国立公園）〟だった。石炭採掘で、はげ山だった場所が見事に森に再生されたその事実を見て「ぼくもやろう」と、ニコルは日本で私財をなげうち、黒姫の放置林を購入し、手を入れはじめた。この写真の一振りは森の再生の第一歩である。この句はニコルの生まれた1940年の作。ニコルは山頭火のように死を意識していないが、アファンの森を日本への遺産と考えている。山頭火が最後の安住地となった松山で、「私は生存に値しないことを痛感する」と書いていた頃の句である。

8

1989年　48歳

風かをる信濃の国の
水のよろしき

「黒姫の書斎の前を流れる鳥居川は雪解けの水でとても冷たい。１９９５年の大雨で氾濫しましたが、その修復工事があまりにも乱暴な拡張工事だったので、長野県に抗議をし、結果的に自然工法を取り入れてくれました。この鳥居川は昭和のはじめの頃まで日本海から鮭が遡上していて、鮭の産卵場所でしたが、その後に下流にダムが築かれ、すべてをぶち壊してしまいました。いまは鮭が戻ってくる運動をしています。ぼくの森の小川が鳥居川に入り、千曲川、信濃川と大きくなって、日本海に出ます。森は海と人間の心をつないでいます」最近の報道によると、発電用のダムが放水量を増やしたり、市民団体による稚魚の放流により鮭の遡上は確実に増えていた。

「水のありがたさはなかなか解かり難いものである」と山頭火は〝水〟の随筆に残している。信濃での句は他に「飲みたい水が音を立ててゐた」もある。

9

1987年　46歳

また見ることもない山が
遠ざかる

原生林が伐採されていると聞き、急いで知床に行った。カナダでは海洋哺乳類技官として、また、エチオピアでは野生動物保護省の猟区管理官として、環境保護に努めたこれまでの経験から、現場を見た。太い樹から細い枝まで容赦なく伐り倒され、オオタカやシマフクロウの棲む森が消えた。

「日本人は、自然は敵だと思っているのではないかと思うときがあります。自然を破壊することは、とりもなおさず、人の心も壊していることです。ある統計によると、長野県は、土地の78・15%が森林で、これは北海道、岩手県についで、全国で3番目である。明らかに森が豊かであるにもかかわらず、木材生産量は19位にとどまっている。これは何とかしないといけないが、これ以上ぼくに何ができるか、はっきりとはわからない。でもいまの活動を続けていくことは、間違いありません」

10

1987年　46歳

たたずめば山気しんしん
せまる

知床の国有林で、大規模な自然林の伐採の現場に立った。時間の蓄積である天然木を一度伐ったら、また元に戻るのに何百年かかるか。「ぼくが愛した日本はこんなものだろうかと、知床を見て思いました。日本の森林行政に怒りを感じる。文明国と言われる国の中で、国立公園で自然林を伐るのは日本だけです」伐られてしまったミズナラの木の年輪を、ナイフで1年、2年と数える。数百年ありそうで時間がかかる。悲しい作業となった。「2011年はユネスコ森林年でした。アファンの森財団のセンターで開催された会議に、ぼくは日本の委員として参加しました。林野庁長官はじめ国内委員が集まりました。国連が定めた国際森林年の目的は、森林を未来に残すための森林の保護、未来に残せる森林資源の利用や森林の開発など、人びとと森林の関わり方について、世界の人びとに、すべての森林に対して認識を高めてもらうことです。この年の11月に、ぼくは長野県から、県の〝森林大使〟に任命されました」

ニコルは国際森林年国内委員に就任し、2011年11月には、長野県知事の要請で長野県の森林大使にも就任、「これからやりがいがあり、楽しみ」と意欲的に話した。

1995年に日本国籍を取って、日本人になったニコルの発言は重い。

2008年　67歳

燃えに燃ゆる火なりうつくしく

友達の猟師から信州の鹿が一頭届いた。すぐにナイフで解体する。シチューに、ハムに、舌は酒の肴にと、捨てる部分はほとんどない。皮はバッグや小物入れに美しく加工されている。長野県でも鹿が森で新芽を食べる林業被害だけでなく農業被害も年々増加して深刻な問題だ。国内有数のレタス生産地の川上村では〝万里の長城作戦〟として、総延長150キロ、高さ2メートルの防護柵で鹿の食害を防いでいる。長野県内の現在の生息数は推定で10・5万頭。わずか5年で1・7倍に増えた（毎日新聞・長野版）。猟師は大切な命を駆除しても、その肉を捨てている。市場価値がないからだ。日本人はもっと鹿肉を食べて、食料の自給率を上げなければ、もったいないので、『鹿肉食のすすめ』（現在は絶版、改訂版を制作中）を出版した。本を読んでもらえれば、鹿肉が牛、豚肉より脂肪が少なく低カロリーの上、ビタミン、ミネラルも多く、栄養的に素晴らしい食品であることを理解してもらえると思う。猟師の高齢化で駆除する人が減っているのも問題だ。春が来たというのに、森の中にはこんなに雪が残っている。夕飯は鹿のバーベキューに赤ワインだ。

12

1988年　47歳

ここまで来てこの樹に倚る

ウェールズで昔から使われてきた陶器の巣箱を吊り下げる。木製の巣箱では腐ってくるが、陶器なので、掃除をして紐を取りかえれば永久に使える。この巣箱はウェールズの友人の女性陶芸家が焼いてくれた。「このあたりでは大きな落葉樹が切り倒されたので、このように安心して羽を休める住まいが必要です。毎年シジュウカラ、ヤマガラなどが巣立っています」

ここまで梯子を使わずに上り、春一番に巣づくりのために巣の掃除をした。

13

1986年　45歳

うしろすがたのしぐれてゆくか

「ぼくが日本の中で住みかとして黒姫を選んだのは、清流や森林、雪、熊などの、この地に息づいている生命のすべてを愛しているからです。これほどほっとできる場所は他にありません」

この黒姫山には黒姫さまと竜の伝説があり、ニコルは辰年生まれ、その上に故郷のウェールズの旗にも竜が描かれているので、多くの思いが重なる。春浅き野尻湖から黒姫山を望む。

この句の前書きには〝自嘲〟とある。自分の後ろ姿をもう一人の山頭火が自嘲的に見ている。しぐれてゆく自分を。

類句に〝泊めてくれない村のしぐれを歩く〟がある。

14

1984年　43歳

わかれてきた道が
まっすぐ

「ぼくが黒姫に住むことになったきっかけは、詩人谷川雁さんで、彼とはじめてお会いしたのは、エチオピアから帰ってきて、渋谷のラボ教育センターに仕事を探しに行ったときでした。当時、ラボは子どもの教材をつくるために何もはじめていなかったので、ぼくは、子どもたちのために何か書かせてほしいと彼を説得しました。ぼくが日本ではじめて書いた本は〝たぬき〟という題で、1970年に出版されました（挿絵梶山俊夫、音楽は林ひかるでCD録音）。1978年に雁さんは黒姫に移住、その後、ぼくもここに住むようになり、翻訳の仕事のために、雁さんの家までの5㎞の道を、自転車で通いました。雁さんが子ども向けに美しくわかりやすい日本語で書いた『古事記』を、二人で英語に翻訳しましたが、いくつかの話を翻訳しながら、ケルト民話と日本の伝説がよく似ていることに驚かされました。〝Tyr na nog〟というケルト民話がありますが、村の人たちによっていじめられている海の動物（カメだったり、アザラシだったりする）を助けるという話で、その心やさしい男は、海底にある竜宮城へ招かれ、龍の美しい娘から豪華なもてなしを受け、そしてある日、結婚をしないかと言われます。男は、長年離れている家へ一度だけ帰りたいと言い、地上に戻りますが、そのとき、彼は突然年をとる……この話、どこかで聞いたことないだろうか？　また、別のケルト民話には、いくつもの頭で暴れまわる龍を、大量のはちみつ酒で酔わせて退治するという話があります。こうした伝説は、西と東の両方からユーラシア大陸へ広がり、その東西の発祥地はしまいには、遠く離れた二つの島国になったということだろうか。仕事の後で旨いものや酒を楽しみながら過ごしましたが、1995年雁さんは亡くなりました」

15

2003年　62歳

蛙になりきつて跳ぶ

ニコルの住む長野県で最も北にある信濃町は、山頭火が生まれる約100年前の俳人・小林一茶の故郷である。その一茶の句に〝雪とけて村一ぱいの子ども哉〟がある。一年の半分近くは雪に埋まる黒姫。雪が解けると、森を飛び跳ねたくなるのが雪国の人間の習性。しかし雪から解放された春が来ても、いまは外で遊ぶ子どもを見ることはまれだ。昔は子どもも多かったし、遊びは外が多かったのだが……。

「ぼくは子供をもっと野外で教育すべきと思います。例えば、ぼくの小さな森から歴史や生態学を自然に教えることができるからです」

この写真を見てニコル、「ひどい蛙だな」と笑った。

16

1998年　57歳

生えて伸びて咲いてゐる

幸福

「ぼくが購入した土地は自生していた木々を一本残らず切り倒した後、放置してあった二次林です。ササが生い茂って他の植物は息もつけない混雑状態でした。樹齢何百年という巨木の切り株をいくつも見つけました。水はけのために新たに掘った池端に植えた桜。やっとこの土地に根付いて、花が咲くようになった。ここで花見ができれば楽しいな」

〝未来に希望を〟がニコルのモットー。桜の木も伸びたが、ニコルのひげもよく伸びたものだ。類句に〝いつとなくさくらが咲いて逢うてはわかれる〟がある。

17

1998年　57歳

食べたものがそのまゝで出る春ふかし

「ぼくのように食欲旺盛な中年男にとっては、キノコは低カロリーの健康的な食品です。日本ではキノコの種類が豊富ですが、英国ではキノコといえばマッシュルームしかありません。日本は言葉も多くの食べ物も自然からとっています。季節によっていろいろ変化があって楽しめます。森づくりは苦労が多いけれど、精神的な報いだけではなく、食べ物の恵みも十分すぎるほどあります」

アファンの森では、春はワラビ、たらの芽、うどなどの山菜やキノコもたくさん出る。ときには山菜泥棒も。足元で見つけたこのキノコは貴重品だ。それだけに盗まれる心配がある。ニコルの目はまだ別のキノコを探していた。

山頭火には珍しく食べ物が〝あれこれ〟あって、住む家もあっての平和な心の時期の句。

1987年　46歳

明けてくる鎌をとぐ

山頭火は〝ひっそりかんとしてぺんぺん草の花ざかり〟〝あるがまま雑草として芽をふく〟〝死んでしまへば、雑草雨ふる〟など、誰も気にかけない足元の草に、自分を投影して親しみを感じていた。踏まれても起き上がるその生命力は魅力である。雑草が住まいの周りに伸びすぎたので、暑くなる前の早朝に山頭火は鎌を研いで草刈りをするのか、しないのか……。

一方、ニコルは、執筆の間にひと冬の暖房用の薪を割らねばならない。これもストレス解消と運動になる。汗をかいた後の楽しみにサウナとビールが待っている。

まず、道具は手入れが肝心。鹿を一頭さばくときなどは小さなナイフを使う。それをフィンランドで買ったナイフ用のシャープナーで頻繁に研ぐ。切れないナイフで下手にさばくと肉質が落ちるからだ。けが防止の意味もあるが、〝切れないナイフは男の恥〟がニコルの信念である。

19

1989年　48歳

いちにち物いはず波音

夕暮れの野尻湖はとても静かで、波の音と鳥の声だけだ。高原と湖のあるこの信濃町は、大正時代からの外国人の別荘が多い。ニコルの故郷のウェールズと気候、風土が似ているので住んでいて、気持ちが落ち着く。忙しい時代は、一年の三分の一が海外、三分の一は国内、残りがやっと黒姫という生活だったが、森を購入してからの最近は黒姫にいる時間がぐんと多くなった。森を見るニコルの眼はまるで、自分の子どものようだ。

山頭火、四国遍路の太平洋側を歩いての句。

20

やまね

ほつかり眼ざめて
山ほとゝぎす

夏

「日本に来た当初のぼくにとって夏といえば、島に行って海で泳ぐことでした。そして、ビアガーデンの屋上で冷たいビールを飲むこと。黒姫では夏といえば、とくにアファンの森がトラストになってからは、関連のお客さんにお会いすること。以前は野尻湖に泳ぎに行けていたのだけれど、ここ3年は行けていない。ここは東京やほかの大都市よりもずっと涼しい。暑ければ窓を開けて涼しい風を入れればいいし、鳥居川から勢いよく流れる水の音も聞こえてくる。夏になっても何種もの山菜が採れるし、新鮮な野菜は安くてたくさんあるし、調理法ならいくつも知っています。そして夏のアファンの森は美しい。森の中は外よりずっと涼しく快適だけれど、短パンとTシャツでは入れません。森にはいくつもの小川があり、ブヨがたくさんいます。池にはトンボがいて、水面には食欲旺盛な若虫たちが、また空中ではおとな（成虫）たちが猟をするのだけれど、全部の蚊を仕留めてくれるわけではない。夏が深まってくると、虫よけスプレーをまるで香しい芳香剤とでも思っているようなブヨがやって来る。ブヨはもう、厚着して、警戒して、強打して追い払うしかありません。

このように、最近の黒姫の夏はお客さんたちと一緒に森を歩いて、新鮮な野菜を食べて、冷たい白ワインや冷え冷えのビールを飲むことが多くなりました。空手の稽古をした後には鳥居川に行き、冷たい水に汗を流し、身も稽古着もすべて浸します」

半年の眠りから目覚めたやまねは夏の間、森をかけめぐる。

21

2007年　67歳

鴉啼いてわたしも一人

「ぼくはウェールズ生まれ。その名も高き〝歌の国〟の血が脈々と流れている。5歳にしてボーカル・レッスンをはじめたし、10歳にはBBCに出演してベンジャミン・ブリテンの曲を独唱しました。1978年にはぼくが作詞、妻の真理子が作曲した『リンゴの木にかくれんぼ』がヤマハのポプコンで2位になりました。ぼくは本を書くことは使命みたいなものですが、本当は歌を歌っているときが一番楽しいのです」

山頭火は尾崎放哉の〝せきをしてもひとり〟の句に接して、〝鴉啼いてわたしも一人〟と詠んだ。この句の前書きには〝放哉居士の作に和して〟とある。ちなみに、ニコルは〝ハーモニカ吹いてわたしも一人〟の心境。誰もがみな孤独をかかえている。

22

2002年　62歳

「日本に来て半世紀。その間ぼくはどれほど日本という国の自然に目を見張ったことだろう。それと同時に恐るべき自然破壊、人びとの無知と貪欲さをも目にしてきました。でもいま振り返ってみると、怒りよりも悲しみよりも、美しい記憶が強く胸に迫ってきます。だからこそ緑を自分の力で取り戻したいのだと」

C・W・ニコル・アファンの森財団では2011年3月の震災で被った多くの犠牲を無駄にしないように、これからの日本人が安全で幸せで健康であるための生き方を考え、森を通じて復興に貢献したいと〝森の再生〟と〝心の再生〟の2つの視点で〝アファンの森、震災復興プロジェクト〟を立ち上げた。東北の森に青葉が戻るために。

（詳細はアファンの森のホーム・ページをご覧ください）

ここからふるさとの山となる青葉

23

1986年　46歳

こんなにうまい水が
あふれてゐる

「ケルトの国では湧水のある場所は大体、神の場所でした。良い森がなければ、良い水が出ない」谷川岳マチガ沢を流れる清流は水晶の輝き。冷たくて澄んだ水で、とてもおいしい。いまの日本では貴重な水。源流に300年以上の樹齢のブナの森があるからだ。そこの自然の豊かさは、水を飲めばわかる。ニコルは環境保護官の体験から、旅は自分の五感で記録する。

山頭火には水の句が多い。それは、禅僧となって住んだ熊本の観音堂は、坂の上にあって井戸がなかったので、長い石段を毎朝、地元の人が運んでくれた。それで水のありがたさを実感しているからか。

「水を飲むこと、歩くこと、これが私の健康法だ」と山頭火。この日の山頭火には酔い覚ましの水か。

24

1986年　46歳

山ふところ咲いてゐる
花は白くて

「日本に来たとき、花を指して〝ねえ、これ何?〟と聞いたら、ほとんどの人が花や草の名前を知っていたのには驚きました」

谷川岳の残雪に見つけた白い花。何だろうか。匂いでも確かめる。梅の花に似た香りがした。帰って野草図鑑で調べると、深山の林に生えるサンカヨウだった。和名は山荷葉だ。

山頭火には白色の句が際立って多い。この思い入れは、悲しい記憶が白だったのか、求める心が白なのか。山頭火は第四句集『雑草風景』のあとがきで、「私は雑草的存在にすぎないけれど、それで満ち足りている。雑草は雑草として、生伸び咲き実り、そして枯れてしまえばそれでよろしいのです」と書いている。敬愛する尾崎放哉の墓に詣でて〝ふたたびここに、雑草供へて〟と、句を詠み、雑草を供えた。類句に〝山のしづけさは白い花〟〝山から白い花を机に〟がある。

われいまここに海の青さのかぎりなし

1989年　48歳

「ぼくがはじめて鯨を見たのは、イギリスのリバプールからカナダのモントリオールへと向かう定期船の甲板からでした。1958年4月、17歳でした。ぼくに生物を教えてくれたピーター・ドライバー先生について、はじめての北極探検に向かっていたときで、鯨は、水面上に飛びあがらない限り、潮を吹くのが見えたり、背中の一部や背びれが見えるだけで、見つけるまで少し時間がかかりました。翌年、ぼくは海岸捕鯨所を営むノルウェイの会社によって捕えられたナガスクジラのサイズやサンプルなどを収集していました。その次の年には、〝第17京丸〟という日本の捕鯨船に乗船していました。第17京丸が捕えようとしていたナガスクジラはなんて大きくて、素早くて、美しい生き物だったことか！

38歳でカナダの環境保護局を辞めて、日本の捕鯨の歴史を調査するため、太地に1年間住むことにしました。めざしていたのは、『勇魚』という捕鯨についての歴史小説を書くことでした。『勇魚』の最初の草稿は〝第3日進丸〟に乗船していたときでした。その後、日本の捕鯨船に乗り、南極の捕鯨を見にいきました。それ以来、鯨について書いてきたし、話をしてきました。捕鯨については、つねに捕鯨者の立場に立ってきました。狂信的なシー・シェパードのような海外からの意見や権利主張と日本が争い続けるなんて意味がないと思うし、日本は鯨とその他、南極の水について全ての調査を、鯨を殺さずに続けるべきだと思います。日本の捕鯨文化を誠実に維持していくのならば、沿岸捕鯨からはじめていくのが一番だと思います」

夏の太地の海に出た。

26

1999年　58歳

ひよいと手がでて
木の実をつかんだ

「ぼくは季節の移り変わりを、森を歩いて楽しんでいます。こんなに美味しいデザートが味わえますから。山でいま一番、何がおいしいかは、熊の糞を見ればわかります」

桑の実は七夕の時期が食べ頃。この山のご馳走は熊も大好物なので、周りをよく見ないといけない。特に上も。一度大きな桑の木の上の方で熊が食べているときに出会ったことがある。シャッター音に気づいて、慌てて降りて逃げてくれた。いまはデジタルなので、音が小さくて危ない。

山頭火は随筆に、「季節のうつりかはりに敏感なのは、植物では草、動物では虫、人間では独り者、旅人、貧乏人である（この点も、私は草や虫みたいな存在だ！）」と残している。

27

1993年　53歳

のぼるほどに水は澄みてはげしく

「ぼくは14歳のときにチェルトナムという町のＹＭＣＡの柔道クラブで柔道をはじめました。近くにアメリカ空軍基地があり、空軍警官のマイク・デヴィトが、クラブに参加していました。空手について、はじめて知ったのは、マイクからで、絶対に習いたいと思っていた武道だったけれど、当時のイギリスでは先生が見つかりませんでした。

北極への３度目の探検を終えた頃に、22歳で６０００ドルの貯金がありました。１９６２年10月に羽田空港に着いて、講道館を見に行き、道場で乱どりや空手を学んでいなかったら、いまはなかったかもしれない。ぼくは、空手が中国から伝わってきた沖縄の武道だったことを知っていました。けれど当時、沖縄は米軍のもとに置かれていました。ぼくはアメリカ人はもちろん、音楽、映画、文学、国立公園、色いろなものが好きです。でも、１９６０年代にアメリカ軍がベトナム戦争に介入していったとき、ぼくはそれに完全に反対でした。多くのアメリカ人たちも反対していましたが、ぼくは道義心から、沖縄で空手を学ぶことはできませんでした。講道館で柔道を教えていたアメリカ出身のドン・ドラガー先生はフナコシ・ギチンという沖縄出身の先生のことや、空手の５つの道場、流派の名前と場所を教えてくれ、ぼくは松濤館を選びました。日本での稽古や、暮らし、昇段した経験について書いた本は、国際的ベストセラーになった『Moving Zen』です。ぼくが黒帯をとるときに、無私無欲で教え、助言してくれた金澤弘和さんは、よき師、よき友人であり、空手の達人です。ぼくはいま70歳を過ぎたけど、まだ空手を続けています。空手はぼくの〝道〟となり、稽古に励んだ頃に出会った人たちは、いまでも大切な友人です」

1994年　53歳

月へひとりの戸はあけとく

「ぼくの人生でのテント生活はどれほどだろう。10年近いのではと思います。ティピの中で、炎を見つめているだけで脳はα波の状態となり、心身を解き放つことができ、その上、音楽と酒があれば、一編の物語や詩が生まれます」

ニコルは環境保護のため、日本に高度な訓練を受けた国立公園の監視官が必要と考え、〝自然保護学校〟をはじめ、実地で教えている。今日の授業が終わり、ティピの中で学生たちとたき火を囲んでのミーティング。卒業生たちはそれぞれ巣立ち、企業や行政の場で活躍して、ニコルの意思を広げている。

29

2002年　62歳

ここにおちつき草萌ゆる

ニコルはアファンの森をつくりはじめてからの構想として、生まれ故郷のウェールズの森と姉妹森になって、森の研究を多くの国の人と交流できればと考えていた。２００２年、ウェールズのアファンの森のワグスタッフ公園長、ゴマソール駐日英国大使とアファンの森で、世界初となる姉妹森の調印式までこぎつけ、硬く手を握った。あまりの嬉しさに、ニコルの目に涙があふれ、しばらくの間止まらなかった。英国からは大英勲章も贈られている。英国と親しい友人であり続けて欲しいとの願いもこめられて。２０１０年には国際交流、研究、そして教育の場として、アファンの森の隣に〝アファンセンター〟が建設され、研究の成果を世界に発信している。２０１１年にはニコルは皇居に招かれ、両陛下とこれまでのアファンの森の活動についてお話しした。

この句は山頭火が故郷の近くに定住地を得たときのよろこびをしみじみ感じさせる。

30

ノスリ

鳥とほくとほく雲に入る
ゆくへみおくる

秋

「ここでは、秋になると、キノコを採り、冬に備えて十分な薪を集め、それから、やっかいな虫たちに邪魔されずに、穏やかに座って過ごします。秋が深まれば、美しい紅葉のときが来て、葉は木から旋回しながらバレエのように舞って、地を覆っていきます。静かなときだ。たくさんの鳥たちもやって来るのだけれど、彼らはあまり鳴かないし、音をたてません。

秋といえば、りんごを送る人たちのリストを考えるときです。信濃町では、ほんのわずかなりんごしか、育たないけれど、近隣の村では雪が少ないので、よいりんごが採れます。

イギリスで育ったぼくにとって、秋といえば落ち葉を集めて山のように盛り、そこへ飛びこむときです。セイヨウトチの実も拾い集めます。コンカーという遊びは、トチの実に紐を通して、ひとりはそれをぶら下げ、もうひとりはそれを目がけてトチの実を投げつけ、ぶら下がっている実を割るのです。校内のゴミ箱には、割れたトチの実がいっぱい入っていました。おそらく、イギリスの学校はもうこの遊びを廃止したことだろう。ここ30年は黒姫の子どもたちが森で遊んでいるところを見かけない。とても悲しいことです。ここにはじめて来た頃の11月15日の早朝には、キジや野ウサギ、あるいはハトを狩ろうとする猟師たちの銃声が聞こえていました。今年は聞こえませんでした。ぼくが信濃町猟友会に入っていたときの会員は70名以上いたけれど、いまは20名たらずになってしまいました」

アファンで生まれた雛を守るため警戒するノスリの親鳥。

1991年　51歳

ひさびさもどれば筍によきによき

ニコルの50歳代は生活の半分以上が国内外の旅行であった。講演、探検、取材のための旅。山頭火も半年にわたる旅があったほどで、長旅から無事に帰宅したときの安堵感は想像できる。山頭火に〝草や木や生きて戻つて茂つてゐる〟の句がある。彼の時代の旅は命がけだった。無事に帰り着き、これでやっと落ち着ける。しかし留守の間、山頭火の住まいは筍がにょきにょき。ニコルの家には長い長いFAXがたまっていた。電話でその原稿のチェック。帰ってきても忙しい。まだパソコンを入れていない時代、この頃の原稿の打ち合わせは、郵便かFAXだった。この句の前書きは〝帰庵〟となっている。

32

1989年　49歳

笠も漏りだしたか

アファンの森を歩いていて、足元でキノコを見つけた。待ち望んでいたシーズン。収穫したキノコを、とっさに傘に入れた。頭の中は夕食のメニューと、その料理に合うワインを考えている。

「アファンのはじめは、ひどい幽霊森でした。もう荒れ放題で、混み合って暗くて、ひょろひょろした木と熊笹のジャングルでした。このような弱った木、混み合った木は伐採して、明るい森になりました。そのお礼に、自然はぼくにキノコを与えてくれました。キノコに開眼したのは、日本に来てからです」

笠だけでなく、山頭火から何が漏れ出したのか。「も」が気になる一句だ。

33

1986年　46歳

「ぼくがイギリスで受けた教育は、礼儀を非常に重んじるものでした。母は裏口ではなく、玄関の前で見送ってくれました。門を出る際は一度振り返り、帽子を取って母に挨拶するようにと、教えられました。空手でも礼を重んじたので、神聖な場所では自然と礼をします」

日本の天地創造の神話四編を翻訳して、子ども向けの一冊をつくったことがあるニコルにとって、松江の出雲大社は訪ねたい場所だった。訪問して懐かしい気持ちを感じたそうだ。すべての自然に神の存在を認める神道に共感を覚える。感謝の気持ちの表れだ。

この句の前書きに〝杣人に斧を拾うてあげた〟とある。

けふも一つのよい事してあげて歩く

1989年　49歳

やっと一人となり私が旅人らしく

フィンランドでテレビ番組の撮影があった。北極圏近くの湖畔に宿泊。昨夜は珍しい煙のサウナに入り、うまい地ビールで地元のおじいさんと乾杯をした。朝、湖畔に出る。誰もいない静寂。ニコルの手が旅の楽しさを満喫できた幸せの大きな〝まる〟を示しているようにも見える。この後、ニコルはヘラ鹿猟に同行、もし捕れれば、ヘラ鹿の解体を手伝いたいと思っていた。美味しいシチューができるはずだ。

この旅行で薪を燃やすフィンランドの伝統のサウナ・ストーブを購入した。

35

2008年　68歳

2008年10月末、故郷のプリンス・オブ・ウェールズであるチャールズ皇太子が、高円宮妃殿下とアファンの森を〝目指して〟来られた。森が最も美しいときだった。広い森の中をゆっくりと散策しながら、世界の環境問題に重大な関心のある皇太子と、自然保護についての話ができた。

「皇太子は、ご自分の農場で有機農法を実践されていると聞きました。握手をされたときの手はとてもたくましく、お百姓の手のようでした」

アファンの森は2010年に日本ユネスコ協会連盟の未来遺産（100年後の子どもたちに長い歴史と伝統のもとで豊かに培われた地域の文化、自然遺産を伝えるための運動）に選ばれた。チャールズ皇太子が訪問されたこの日は、ニコルの人生最高の日だった。

落葉やがてわが足跡をうづめぬる

36

1989年　49歳

山頭火は晩年の日記に、「無駄に無駄を重ねたような一生だった。それに酒をたえず注いで、そこから句が生まれるような一生だった」また酔う過程を、「まず、ほろほろ。それから、ふらふら。そして、ぐでぐで。ごろごろ、ぼろぼろ。どろどろ」と残している。ニコルも酒は大好きだが、ふらふらになることは珍しくて、二日酔いもまずしない。体質かもしれないが、どのような酒でも見事によく飲む。ニコルが企画したテレビ番組の収録で博多の屋台に行った。このような雰囲気の中で友達と飲むのが好きだ。おいしい焼酎を飲んでご機嫌のニコルと、左端には山本益博さんの顔が見える。さすがに料理評論家の山本益博さん、箸は手離さない。

うまい匂ひが漂ふ街も旅の夕ぐれ

37

2007年　67歳

枯れたすすきに日の照れ
ば誰か来さうな

山頭火は孤独な生活の中で、常に友人が来るのを待っていた。はがきが来るのさえも、待っていたほどだ。〝けふは凩のはがき一枚〟。できれば、酒を飲む友達が来てくれれば嬉しいが。そして、郵便なら現金が届くと嬉しいのだが。

ニコル、今日は友人が来る予定。こんな格好で玄関に出れば、と想像するだけで楽しい。数年前、7月のニコルの誕生日パーティーに仮装で参加するようにと友たちが呼びかけて、大いに騒いで盛り上がった。秋はそろそろ終わりに近づいて、もうすぐ長い雪の季節。黒姫、戸隠、飯綱山が見渡せる草原に来た。

類句に〝何か足らないものがある落葉する〟がある。

38

1989年　49歳

「ぼくは1995年に日本の国籍を取得し、日本のパスポートを持っていて、その赤い色が大変気に入っています。我がケルト風の赤い顔と同じ色のパスポート。ぼくはケルト系の日本人。それが現在のぼくなのです。この事実を誇らしく思っています」

テレビ番組のために日本を出て何日になるのか。フィンランド・ヘルシンキ港の夕方。停泊している大きな船は、スウェーデン行きのフェリーだろうか。10月のフィンランドは、すでにもう冬のように寒くて、垂れこめる厚い雲の様子はまるで真冬の日本海のようだった。明日は、北極圏を越えてムース猟に出かける。

山頭火は宮崎で俳友に会った後、久しぶりに海岸沿いを歩き、日向灘を眺めたときの句である。

波音のたえずしてふる郷遠し

39

2001年　60歳

秋風の石を拾ふ

「イヌイットたちと暮らしたとき、人間と、彼らが生きていくために捕る動物や鳥や魚との特別な関係、そして、彼らが動物たちに対して抱く敬意について学びました。古老のシャーマンから、イヌイットは岩や、そのほか無生物に見えるものでさえ精神の〝主〟を持っていると教わり、それが、魂というものなのだと思いました。この考えは日本の神道とよく似ていることも分かり、アイヌの先導者である萱野茂さん（故人）を知って、自然界のすべての生き物には居場所があり、精神が宿っているのだという彼の信仰の強さと信念に励まされました。西洋科学と〝絶対的な神〟の宗教がもたらした間違いを正すためには、少数民族の人たちの教えや考えが必要であると信じているのも、ぼくが最初ではありません」

アイヌ民族初の国会議員萱野茂さんに、北海道二風谷の自宅でお会いした。萱野さんが連れて行ってくれた自宅に近い川には、いろいろな形、色の石があり、「私もよく見つめるんです」と言われたことがよく理解できた。

40

1986年　46歳

風をあるいて来て
ふたたび逢へ

「ぼくがラフカディオ・ハーンのことを知ったのは22歳のときで、北米北極研究所の所長から見せてもらった本からでした。ハーンの日本の暮らしに関する著作は20代のはじめにすべて読みました。日本についての記述はぼくの好奇心をかきたて、彼の書いた世界がぼくにも体験できると思うと、楽しみで胸が高鳴りました。ハーンと同様に、ぼくも帰化しましたが、彼と違う点はぼくは英語のみならず、日本語でも小説、戯曲、詩を書くことです。今日は、その小泉八雲記念館を訪れました」

この後、日本海まで足をのばした。島根の海の夕焼けは果てしない奥行きがあり、見ていて飽きない美しさがある。来日してから翻訳した『古事記』に通じる神秘性がある。「海と森は密接につながりがあります。森の枯れ葉や枯れ枝が長い年月で分解され、雨はその腐植土層を通り、川から海へと流れこみます。これが海に優しい栄養素なのです。人間の遺伝子の半分は海から来ています。ぼくの心のふるさとはふたつあってよいと思います。海と森と」

山頭火、故郷の小郡から関門海峡を渡り、北九州でつくった句である。

41

ウサギの足跡

ふるさとはあの山なみの雪のかがやく

「黒姫ではここ数年天候がおかしい。ここに来てから最初の20年は、クリスマス以降は雪が降り、雨は降らないと皆に言っていました。でもいまは、雪も雨も降ります。以前は毎年ホワイトクリスマスで都会から抜けだしてきた友達が喜びました。ぼくはクロスカントリーや、スノーシューリングを楽しんでいたけれど、ここに長く住んでいる人たちの多くにとっては、雪といえば雪かきをしないといられないものになっているようです。

さて料理はぼくの大好きな趣味のひとつで、皿洗いでさえ楽しくて、基本的には、マナーのよいお客さんを迎えるのは嬉しいが、居間にコートやミトンやマフラーが散らかっていたり、みんなが台所でごちゃごちゃやっているのを見ると、冬眠中に起こされたクマのように機嫌が悪くなってしまいます。長時間、灯油を費やして家を温めているのに、どうして彼らはドアを開けっ放しにするのだろう?　ドアは自動で閉まると思いこんでいるのだろうか?

何年か前、冬の6週間、温暖な沖縄に逃げてみました。天国のようでした。雪かきはしなくていいし、散らかされたものを片づける必要もない。その上、温かな青い海で泳ぐこともできました。沖縄の格闘技をやり、少し痩せて、その代わりにいっぱい沖縄料理や泡盛を楽しめました。でもいまはもうそんな時間はありません。原稿書き、講演に会議、案ずべき森や川の管理、やることがたくさんあるからです。これを全部やるのにあと何年必要なのだろうか?　古き友といつになったらゆっくり過ごせるのだろうか」

雪の上のノウサギの足跡。年ごとにアファンの森のノウサギも減っているように思う。

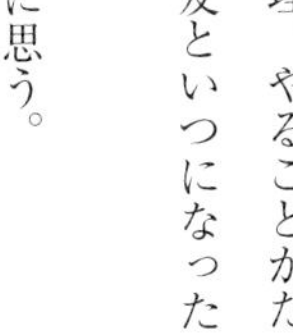

42

1989年　48歳

1926（大正15）年、山頭火は4月に一応安住していた熊本の観音堂を出て、3年にわたる行乞の旅に出て、この句をつくった。求められれば色紙類によく揮毫した。それを見ると、青と山を強調して、太い墨文字で書かれている。この句の前書きは「解くすべもない惑ひを背負うて、行乞流転の旅に出た」。出立の三日前に、敬愛する俳人尾崎放哉の死を知り、悩みに悩み、彼は何を思って出かけたのか。この句は、山頭火の代表句として知られる。

さて、信州の民話に信州中野のお姫さまと竜が黒姫山に住むという伝説がある。ニコルは辰年の生まれ。故郷のウェールズの国旗には赤い竜がいて、不思議と竜に縁がある。来日50年の2012年はくしくも辰年となった。

分け入つても分け入つても青い山

43

1989年　49歳

いちにち木を伐り
木を挽きひとり

「森は人間や社会と同じで、光と風が通らねばならない。保護は放置ではない。弱ったり、病気になった木を伐って、周りの丈夫な木を育てることが大事なのです。木を間引けば、鳥が飛び回りやすくなり、動植物の種類も増え、豊かな森に育ちます。この伐り倒した間伐材は、高級家具の材料として活かすことができるようになりました。財団の交流の場であるアファンセンターの家具も、ここの間伐材でつくりました」

荒れた森を購入して整備していると100年前の炭窯を築いた跡が見つかったので、これを復活させて炭を焼くようになった。弱った木を伐り倒し、それで炭をつくる。炭で肉や魚を焼くと、本当に美味しくなる。

44

1984年　43歳

雪へ雪ふる戦ひはこれからだといふ

「1980年、黒姫ではじめて住んだのは茅葺屋根の古い農家でした。ここは軒下まで雪にすっぽりと埋まり、一日中電灯なしでは生活できませんでした。その経験から家を建てるとき、軒下を高くし、屋根の勾配を鋭くし、勝手に雪が落ちるようにしました。このような豪雪の年は屋根の下の雪をどけますが、危険な屋根の雪下ろしはしません」

地元出の俳人小林一茶は2013年には生誕250年を迎える。黒姫はその一茶が

〝はつ雪をいまく〵しいと夕哉かな〟

と残したほどの豪雪地である。2012年の豪雪では、信濃町には災害救助法が適用され、除雪や屋根の雪下ろしのできない高齢者や社会的弱者にかわり、町がそれを実施し、国と県が負担してくれたが、しかし悲しいことに、特に高齢者が一人で雪下ろしをしていて、何人も亡くなった。まさに雪との戦いである。

この句がつくられた1937（昭和12）年は、日本が中国で戦争をし、南京を占領して盛り上がっていた。〝いさましくもかなしくも白い函〟と出征兵士の遺骨が入った函を見て悲観的な句を詠んでいる。〝戦ひはこれからだといふ〟は、長期戦を予期していたのか。

45

1984年　43歳

雪のあかるさが家いっぱいのしづけさ

「はじめに借りた民家が、冬、家の中が暗くて大変だったのでそのつらい経験から、家を建てるとき、毎年の降雪量を調べて土台の高さを決め、高床式にしました。それによって、雪が広い窓をふさぐこともなく、明るい陽射しはさんさんとさしこんで、家の中はとても明るいのです。書斎のデスクの正面の窓の左手にナラの木、右手に山桜。右側の窓から黒姫山の絶景と鳥居川が見えます。この鳥居川の噴流に負けじと鳥たちの歌声がにぎやかです。この窓を見れば、四季を通じて心安らぐものがあり、バードウォッチングも楽しんでいます」

雪国の人は、寝床でも音と光で降雪を感じている。書斎にさしこむ初雪の明るさで、読書を楽しむニコル。

46

1990年　49歳

あるだけの酒飲んで
別れたが

作家の故・開高健さんは、ニコルの親友だった。黒姫で3日間、朝から晩までぶっ続けで飲みながら文学、自然、酒について対談したことがあった。ニコル夫人の真理子さんは、「あの日、開高さんの大好きなシューベルトの〝鱒〟を鳥居川の音の聞こえる居間で、ピアノを何十回弾かされたことか」と楽しい思い出を語ってくれた。酒にジョークで話は尽きなかった。

開高さんは「文学は自然との照応を失ったときに衰退する。血を失う。この原理は単純そのものだけれど、心底からそう実感している人はきわめて少ないのです。まして作品の骨とし、肉とし、指としている作家となると、皆無にひとしいと言っても過言ではありますまい。しかし、ニックの処女作の燈明で深い『ティキシィ』以来、私たちはこの大男が果汁たっぷりの新鮮そのものの未知の果実をつぎつぎさしだしてくれることに、爽やかにおどろいてきました。今日はその彼が心血をそそいだ大作『勇魚』の出版を記念しての一夜です。つがれた酒は底まで飲みほして下さい」と書いた。（開高健さんによるニコル著『勇魚』刊行に寄せた「ブラヴォ、ニック!!」からの抜粋）

写真はニコルが開高さんのお酒のコマーシャルを真似て、「酒の神様に乾杯！」と韓国の古民家の庭で杯をささげた。

山頭火は日記に「酒好きで、しかも酒飲みは、不幸な幸福人だ」と残している。

1987年　46歳

47

「ぼくはどれだけ無神経な自然破壊を見せつけられてきたことか。処女林は伐採されて、後は単一種の針葉樹が植えられている。そのために土地は浸食され、川の水はかさが減り、地滑りが起きる。これに反対を叫ぶだけの人間にはなりたくなかったのが、黒姫で森を買いはじめた理由です」

自宅からそれほど離れていないところに原生林があった。その原生林の伐採の情報を確かめるため、冬の山に入る。日本の林野行政は、わずかなチップの売り上げのために貴重な森を次々と伐っていた。一度立ち止まって森林の保護を考えない森林行政が悲しい。

まっすぐな道でさみしい

48

吠えつつ犬が村はづれまで送ってくれた

1986年　45歳

「11歳の頃、飼っていた犬のプリンスが病気になって獣医にも手のほどこしようがなくなったとき、〝安らかに眠らせるための〟注射を獣医に打たせないように、ぼくはプリンスのそばについていました。でも、あの日曜の朝、ぼくは聖歌隊のソプラノだったからプリンスを置いて教会へ行くしかありませんでした。礼拝の後で、ひざまずき、一生懸命祈っていると、牧師が何を祈っているのか聞きました。『神さまに、ぼくの犬を天国へ連れて行ってくださいとお願いしているんです』と言うと、『犬は天国へは行かないよ』牧師はさらに、『動物には魂がないからね』と言いました。ぼくはものすごくショックでした。『じゃあ、天国なんてひどいところじゃないか。神さまは意地悪で愚かだ』つい口に出して言うと、牧師はぼくを殴って叱りつけました。ぼくは泣きながら、牧師のことも神さまも教会のことも大嫌いだとぼろくそに言いました。そのことは母に知られて、母は慰めてそして叱ったけど、ぼくは何も変わらなかった。

クリスマスなのに教会に行かない理由を祖母に話すと、『なんて愚かな人、動物にも魂があるに決まってるじゃない。生きものすべてに魂が宿っているのよ。魂は天国からの息吹なのよ。だから生きているの。死んだ後、その聖なる息はどこへ行くの？　神さまがつくられた生きものが帰らない天国だなんて、そこはどれほどひどい場所かしらね』と言ってなぐさめてくれました。あの牧師が亡くなってもう久しいけれど……どんな天国だか地獄だかに行ったんだろうかと思う」

49

1987年　47歳

残雪をふんできてあふれる湯の中

「ぼくは輝くばかりに美しく、そしてひそやかな雪の季節に、フィンランドで購入したサウナ・ストーブでアファンの森の薪を燃やしたサウナに入り、たっぷりの汗をかいて、湯気のもうもうと立ち上る体で、素っ裸のまま柔らかな新雪に飛びこむのが大好きです」

この句は山頭火が、5月末に草津温泉から、残雪の中を袈裟法衣に地下足袋で歩いて、万座温泉に着いたときのものである。このような軽装で、標高が1800メートルもある万座温泉まで、よくも無事にたどり着けたことだ。〝すべつて杖もいつしよにころんで〟と泣きたくなる思いもしただろう。「日本人には入浴ほど安価な享楽はない」と書くほどの風呂好きの山頭火だが、このときは命が助かった安堵感で、格別のお湯だったであろう。

また、別の温泉での句〝ひとりきりの湯で思ふこともない〟からも山頭火の温泉好きがわかる。

50

1991年　50歳

いただいて足りて一人の
箸をおく

山頭火の〝しみじみ食べる飯ばかりの飯である〟に比べれば、ニコルの食卓は、さんま、納豆に味噌汁と、何とも豪華な昼食である。山頭火の日記に、「米がないので、もう三日も白湯と梅干だけでやっている」ともあるので、この句を詠んだ日はかなり満ち足りていたときのようだ。

「日本語の中でぼくが一番好きなのは〝いただきます〟という言葉です。英語にはこれに相当する単語はありません。日本の食生活にある魚介類の多彩さを実にすばらしいものと思うし、楽しませてもらっています。ごく限られた物ばかり集中して捕るよりも、いろいろな魚介類を幅広く楽しむのが種の保存のためには良いことです」

食品の廃棄物がすごく多い日本の現状。「いただきますの気持ちを忘れている。もったいない」とニコルはよく語る。

51

1987年　46歳

ひとり山越えてまた山

「はじめて日本で山に登り、ブナの原生林に入って立ち止まって見回したとき、体中に鳥肌が立ちました。ああ、日本の山ってこんなに美しいのかと、思わず涙がこみ上げてきました。英国やヨーロッパでなくしたものが日本にはあると思いました」

アファンの森ではブナを積極的に植えている。ブナは保水能力が高く、寿命も長く、雪に強い。間伐材はキノコのほた木に利用でき、果実は動物の食料になるからだ。

軽くて歩きやすい日本のかんじきをつけて、黒姫のブナの林を歩く。この辺りは4メートルの雪。

「人生には、越えなければならないいくつもの山がある」との山頭火の述懐の句である。

52

1990年　49歳

「猟友会の仲間とウサギ狩りに参加。動物を仕留めるときは、余計な苦痛を与えることのないよう速やかに、正確に、を肝に銘じています。命の尊厳と感謝の心を念じながら。以前、ハンターと一緒に山を歩き回ったときは4頭のクマを見かけ、7頭の足跡を見ました。今日のように、深い雪の山を駆けて獲物を捕った後のおにぎりのおいしかったこと！　日本の携行食は便利でおいしくて、本当にすばらしい。１９９２年に狩猟の免許は返上しました」

飯のうまさが青い青い空

1990年　49歳

しみじみ生かされてゐることがほころび縫ふとき

あるときの北極探検は、ニコル独りの旅だった。電気も何もないので、すべて自分で解決しなければ生きていけない。猟で捕った野兎の毛皮で帽子をつくったりもした。70歳になった最近も、ジーンズ・ジャージーの袖がほころんだので、自分で縫った。大切に長く着るためにこれくらいの仕事はできる。この写真は、韓国でテレビ番組取材の移動中の車の中で、コートのほつれを直しているところである。

小林一茶にも、〝秋の夜や旅の男の針仕事〟の句がある。料理もできない男とは友達になれないと言っているニコルだが、針仕事ができなくても、食べること、飲むことが好きならば許してくれる。

濡れてすゞしくはだしで歩く

1988年　47歳

I came to this island
Green upon a coral sea
Strung like necklace
Like jewels on the ocean
……….

美しいしまぐにに
珊瑚礁の海に
緑の宝石
ちりばめた首飾り
……….

「この詩は、ぼくが30歳の半ばに、英語で書いて翻訳した詩の冒頭の部分で、当時のぼくが沖縄に抱いていた深い思いです。はじめて沖縄に行ったのは1975年の国際海洋博でした。沖縄料理を食べたときから私はその虜となりました。ゴーヤ、シャコガイ、山羊、舌を焼くような刺激的な味の泡盛、それに独特の調べに、心地よく酔いました。日本は北に流氷、南にサンゴ礁のある世界でも稀な国です。この国の自然の多様性は、この国の未来の可能性です。大切な自然を壊さないで下さい」

この年の2月、黒姫は3メートルの積雪だった。沖縄の離島で、プライベートの4泊5日の休養だった。ニコルにとって沖縄は、海洋博でカナダ館の副館長として働き、また空手の修行などの、強いつながりがあり、友人も多い。下駄を脱いで浜辺を歩ける暖かさは、この季節の黒姫と比べれば別天地である。昨日は泳ぎ、泡盛と伝統料理を堪能して、三線の独特の調べにしばらくのあいだ黒姫の寒さを忘れることができた。

55

あれこれ食べるものはあつて風の一日

2009年　68歳

猟師から届いた信州の鹿をさばいたので、これから料理にかかる。若い猟師が捕ってきたのだが、猟師になる人がどんどん減って、長野県の漁師は、1970年代から比べると5分の1にまで減った上に、平均年齢は62歳と高齢化が進んで、ベテランの猟師が減った。このことで、長い年月による技術の伝達が途切れてしまう。「天敵がいない所では、鹿の個体数を管理するのは人間の義務である」このように猟師による野生動物の頭数制限は、自然保護上やむを得ない。農林業の被害を防ぐためには持続的に、計画的に熊、鹿、猪、猿などを駆除する猟をしなければ、その種が増えすぎて逆に、種を絶滅させてしまう。また困ったことは、駆除した動物を解体できない猟師の存在だ。やむなく殺した野生動物を現場で捨てている。長野県の現状は、捕獲した鹿肉の実に90％が廃棄処分されている。「他の国ではこのようなことをすると、免許は取り上げ、重い罰金を取られます。鹿一頭で100人分の食料になります。日本人が鹿肉を食べればその分だけ輸入した肉を食べないということです。これもまた地球の自然破壊への負荷を少しだけ和らげることにつながる。人間は鹿などの生き物との間にある太古からの絆を断ち切ることができないことを忘れてはいけません」とニコルは言っている。

56

1997年　56歳

「ぼくは他の外国人や、日本人が書けないものを書きたかった。だから外国人で日本の山に住んで、日本の自然を見ながら日本の歴史を書くという独特の道を選んだのです」

この年、ニコルは大分県湯布院温泉の宿に逗留して、歴史小説『盟約』を執筆した。日本はもちろん、海外の資料をたくさん部屋に持ちこんでの執筆生活は1か月にもわたった。

山頭火は、旅では宿屋の評価、値段などを几帳面に記録していた。また、宿から友人によく葉書や手紙を送っている。疲れていても手紙を書くのは、ひとつに金銭の要求もある。しかし、彼の足跡を克明にたどれるのは、彼の残した日記と、この多くの便りのおかげである。

一寝入りしてまた旅のたより書く

57

1998年　57歳

「長野冬季オリンピックで長野新幹線ができるまで、東京までは信越線の特急で行きました。その頃、特急には〝白山〟と〝あさま〟があり、白山には食堂車がありました。黒姫、上野間の特急は天国の3時間20分で、座って本が読め、ビールは飲み放題でした」

ニコルは長旅を終えて、この日やっと黒姫駅に戻ってきた。帰ってきても、その日の夕方に出かけるということも稀ではなかったが、それでも家に帰る。東京に留まるのはあまり好きではなかった。とても忙しい日々だった。最近、家では娘のアリシアが拾ってきた猫のリボンが待っていてくれる。ニコルの旅はこれからも続くけれど、山頭火の旅は、松山の一草庵で句会のあった夜に終わった。好きなお酒を飲んで、寝ころんで、そのまま起き上がることはなかった。大きないびきが彼の別

れの言葉となった。１９４０年10月11日、59
歳だった。
山頭火の最後の一句は〝もりもりもりあがる
雲へ歩む〟だったと言われる。

けふはここ、あすはどこ、あさつては

あとがき

南 健二

ＮＩＣ、来日50年おめでとう。

怒りん坊のＮＩＣがよく我慢して半世紀もの間、日本にいてくれました。相変わらず自然破壊を繰り返す日本を見捨てて逃げ出さなかった上に、日本の国籍取得のため、面倒でややこしい書類を何枚も何回も出す苦労をしてくれました。ＮＩＣの数々の提言や発言で、現在、自然破壊にかなりブレーキがかかっています。日本人を代表して感謝します。ありがとう。２０１１年のクリスマスカードにＮＩＣは「日本に来て本当に良かった！　と心から思っています」と書いている。

この本の写真は、私たちが住んでいる長野県北端の信濃町や日本の各地、海外をＮＩＣと30年以上同行して撮ったもので、彼の活動のほんの一部です。さて、私の趣味は音楽、料理、写真撮影、読書、焚火、温泉などなど……趣味が仕事になったのは写真と料理です。

大阪の新聞社で写真記者を8年近くしていましたが辞めて、自給自足を目標に１９７８年に黒姫でペンション「ふふはり亭」を開業。そこでは料理を担当。この変な屋号は、ＮＩＣと私が住む信濃町が俳人・小林一茶の生誕の地なので、一茶の句「うまそうな雪やふふはりふふはりと」から、ふふはり亭《ふうわりてい》と名付けたのです。知人の板画家・森獏郎さんの調べによると、山頭火は1936年5月に、この町の一茶の旧跡やお墓にお参りしていたのです。その4年後の7月、NICが生まれ、10月に山頭火が亡くなりました。不思議な縁を感じます。ペンション開業から30年を機に廃業。現在写真の仕事だけ少し残して、念願の晴耕雨読、自給自足の生活を楽しんでいます。時間に余裕がとれたので、2008年に『鹿肉食のすすめ—日本人は鹿肉で救われる』(C・W・ニコル著、東京環境工科学園出版部刊)、2010年には『フラガ神父の料理帳—スペイン家庭の味』(フラガ神父著、ドンボスコ社版、2000年発行の文化出版局からの改訂版)を出しました。2冊ともに構想からかかわったもので写真と料理に協力しました。

このNICの本は、趣味のお風呂につかりながら読んでいた山頭火の俳句集から、ニコルの写真が次々と浮かびあがってきて生まれた本です。この二人には酒、旅、水と共通項が多く、俳句からNICの写真を選ぶのは、またその逆も楽しく、30年の間、撮りためた映像が再び思い出されたのです。それに加えてNICの生き方の背景を書き留めてまとまりました。

山頭火の観察眼は写真的で、もし写真家になっていればと思える句がいくつもあります。「むすめと母と蓮の花さげてくる」は、田舎道で親子とすれ違う寸前の山頭火。彼は手に蓮の花を見つけ、誰の墓参りだろうと考えているようです。娘が先に詠まれているので、父親の墓参りと思ったのでしょうか。この景色を私が写真に撮るならば、やはり娘と花が主題でしょう。また「びつしより濡れて代掻く馬は叱られてばかり」は、潤んだ馬の目が見えます。馬と同心になって、自分も叱られた感の山頭火。「夕立が洗つていつた茄子をもぐ」は、描写の瑞々しさが際立ち、茄子紺の色がくっきりと表現されています。日本の絵画、建築、音楽、料理も印象を強めるために「引き算」をしているのが多く、写真ではシャッターを押す前に不自然と思える電線、電柱などが入らない位置まで移動して、主題を際立てます。俳句も写真もその引き算の芸術と思います。

ＮＩＣとの付き合いは、私がペンションをはじめた翌年に食事の客としてご夫妻で来られて以来です。山頭火のように、酒が縁ですぐに友達になりました。ニコル夫妻と私たち夫婦で、夕食にシャンペン1本、ワイン3本、ウィスキー3本を空けたと1986年2月の日記に記しています。我ながらあきれますが、この頃もよく飲み、そしてよく食べたものです。「わたしはぐうたら呑んべいだが日記だけは書きつづけている」と、これは山頭火。ＮＩＣも私も日記はつけています。ＮＩＣは常々、記録こそ財産になると言っています。付き合いはじめてしばらくしてＮＩＣから、「ボクが文章を書くから写真を撮ってくれ」と言われて写真を撮りはじめ、雑誌に連載するようになりました。新聞社を辞めてから4年間のブランクがありました。宿屋業に専念するためです。アファンの森の再生構想は、最初の段階から聞いていました。その整備の過程のほとんどを記録できたので、アファンの森の歴史＝ニコルの歴史を皆さんにお見せでき、ＮＩＣの業績を残すことができました。山頭火の自由な俳句を楽しみながら、ニコルの世界をゆっくり散歩して下さい。四季の写真は、すべてアファンで撮影しました。

２０１１年春の大震災。この災害を教訓に日本が今後どのような社会を目指すのかを世界は注目しています。「海と森は密接につながっています」と主張して「日本の再生は森から」と１９８０年後半からのＮＩＣのアファンの森の活動は一つのその具体的な道ではないでしょうか。

最後にＮＩＣと共通の友人で、黒姫に何度もお越しの浜美枝さんから心温まる感動の序文を頂き深く感謝申し上げます。またこの本の出版を受けてくれた、お父さんの時代からのお付き合いの清水弘文堂書房の礒貝日月さん、山頭火の貴重な資料を提供していただいた、板画家の森獏郎さん、森の番人の松木信義さんをはじめＣ・Ｗ・ニコル・アファンの森財団の皆さん、黒姫の多くの友人たち、そしてペンション時代、お客様がいっぱいいるにもかかわらず、ＮＩＣとの取材旅行に出してくれ、宿屋を支えてくれた妻のしょうこさん、遊びたい盛りに皿洗いやお掃除に夏休みを犠牲にした娘の志織と麻子、食器の後片づけを手伝ってくれた常連のお客様、本当にありがとうございました。なお一言付け加えたいことは、昨年1月にしょうこさんからの生体腎臓移植で透析から解放されました。ただいま、透析による時間の制限がなくなり、このように本の制作ができるようになりました。健康体でいられるのもしょうこさんのおかげです。本当にありがとう。

２０１２年　初夏

主な引用参考文献

『山頭火全句集』 村上護（責任編集） 春陽堂
『山頭火大全』 種田山頭火 講談社
『風呂で読む山頭火』 大星光史 世界思想社
『放浪の俳人山頭火』 村上護 講談社
『俳人山頭火』 上田都史 潮文社
『種田山頭火』 金子兜汰 講談社現代新書
『信濃路の山頭火』 森獏郎他 ほうずき書籍
『新訂 一茶俳句集』 丸山一彦（校注） 岩波文庫
『C・W・ニコルのおいしい博物誌』 清水弘文堂書房
『C・W・ニコルのおいしい博物誌2』 清水弘文堂書房
『ボクが日本人になった理由』 ビオシティ
『誇り高き日本人でいたい』 アートデイ
『NHK人間講座・森から未来を見る』 日本放送出版協会
『ソフィア』 1991年9月号 講談社
『アニメージュ』 1993年2月号／4月号 徳間書店
『Outdoor』 1988年3月号 地球丸

C. W. ニコル（Clive Williams Nicol）
作家、㈶C. W. ニコル・アファンの森財団理事長。1940年イギリス南ウェールズ生まれ。カナダ水産調査局北極生物研究所の技官・環境局の環境問題緊急対策官やエチオピアのシミエン山岳国立公園の公園長など世界各地で環境保護活動を行い、1980年から長野在住。1995年、日本国籍を取得。2005年、英国エリザベス女王陛下より名誉大英勲章を賜る。著書に『誇り高き日本人でいたい』『マザーツリー』他多数。

南 健二（みなみ・けんじ）
1944年大阪市生まれ。毎日新聞社の写真部に在籍。写真記者として8年間勤務後、ペンション経営のため退職。1987年黒姫高原に移住。ペンションふふはり亭を開業。2008年、30年を期に閉める。ニコルさんやアファンの森などの自然や料理の写真を撮影し現在に至る。著書に『鹿肉食のすすめ』。『フラガ神父の料理帳』『鹿肉食のすすめ』『ボクが日本人になった理由』など多数の本の写真を担当する。

けふはここ、あすはどこ、あさつては
C・W・ニコル×山頭火の世界

発行 二〇一二年八月五日
著者 C・W・ニコル 南 健二
協力 C・W・ニコル・アファンの森財団

発行者 礒貝日月
発行所 清水弘文堂書房
住所 東京都目黒区大橋一―三―七―二〇七
電話番号 〇三―三七七〇―一九二二
FAX 〇三―六六八〇―八四六四
Eメール mail@shimizukobundo.com
ウェブ http://www.shimizukobundo.com
印刷所 モリモト印刷株式会社

ISBN978-4-87950-608-5 C0026

装　丁　深浦一将
ＤＴＰ　中里修作
編集協力　南しょうこ
　　　　　窪田　暁
翻訳協力　緒方しらべ